Scrittrice Sottomessa

Erika Sanders
Serie
Collezione di dominazione erotica

Sinossi

La più grande paura di Samantha era che qualcuno la riconoscesse in queste foto.

Ma quel problema è stato risolto usando una maschera sottile.

La maschera era piccola e copriva solo gli occhi e il naso, il che era abbastanza buono da mantenere il suo anonimato.

Scrittrice Sottomessa è un romanzo con un forte contenuto di BDSM erotico e, a sua volta, un nuovo romanzo appartenente alla collezione di Dominazione Erotica, una serie di romanzi con un alto contenuto di BDSM romantico ed erotico.

(Tutti i personaggi hanno 18 anni o più)

Nota sull'autrice

Erika Sanders è una scrittrice di fama internazionale, tradotta in più di venti lingue, che firma i suoi scritti più erotici, lontani dalla sua prosa abituale, con il suo nome da nubile.

Indice

SCRITTRICE SOTTOMESSA
ERIKA SANDERS

PRIMEIRA PARTE
LA REAZIONE

CAPITOLO I

La più grande paura di Samantha era che qualcuno la riconoscesse in queste foto.

Ma quel problema è stato risolto usando una maschera sottile.

La maschera era piccola e copriva solo gli occhi e il naso, il che era abbastanza buono da mantenere il suo anonimato.

Ha fatto diverse pose per il fotografo.

È stata una sessione di riprese elegante con un tono sottomesso.

Diverse corde legarono leggermente il suo corpicino sottile, coperto da un sottile abito nero.

Anche i suoi polsi erano legati insieme e ora le foto venivano scattate mentre giaceva a terra.

È stata una sessione artistica di un semi-famoso fotografo locale, che ha venduto i ritratti in diverse gallerie d'arte.

"Così bello", ha detto il fotografo, allontanandosi. "Voltati. Sul tuo stomaco. Bene. Voltati."

È stato il più divertente che Samantha abbia fatto da molto tempo.

Si voltò come un cucciolo di schiavitù.

Quindi tornò indietro.

C'era un lieve sorriso sul suo viso, vivendo la sua fantasia.

Il fotografo notò il sorriso di Samantha, e lui ricambiò il sorriso, scattando altre foto.

"Penso che abbiamo finito per oggi", ha detto, abbassando la fotocamera. "Sei stato eccellente."

Si alzò e camminò verso di lui con i polsi legati rivolti in avanti.

"Stavo solo facendo quello che mi hai detto" sorrise.

Il fotografo si slegò i polsi, liberandola finalmente da tutte le corde della schiavitù.

C'erano piccoli segni rossi sui suoi polsi.

"Mi dispiace per quello. Forse li ho messi un po 'troppo stretti."

Lei scosse la testa e si tolse la maschera.

"Non preoccuparti. Penso che stavo tirando troppo forte. E i segni svaniranno presto."

"Ragazza tosta."

"Parlando di essere duro, c'è qualche possibilità di lavoro extra?"

"Dipende", rispose il fotografo. "Tra poche settimane c'è una prossima mostra d'arte. Se i tuoi ritratti vendono, mi piacerebbe assumerti per ulteriori foto."

Lei sorrise.

"Non vedo l'ora".

CAPITOLO II

Dopo essersi vestita, Samantha andò direttamente in camera sua.

C'era ancora molto lavoro da svolgere a scuola.

La classe più impegnativa del semestre è stata il suo corso di scrittura creativa, incentrato sulla creazione di storie complete.

Quella era la classe su cui voleva lavorare di più perché gli dava uno sfogo per scrivere.

Adorava scrivere.

E un giorno voleva diventare una scrittrice.

Ancora più importante, gli ha dato una piattaforma per iniziare a scrivere il suo primo romanzo sotto la guida di un insegnante di spicco.

Era un insegnante che aveva profondamente ammirato molto prima di frequentare la sua classe.

Era un insegnante che aveva scritto diversi libri che Samantha aveva amato leggendoli mentre cresceva.

Quei vecchi libri hanno influenzato lo stile di scrittura di Samantha, ed era entusiasta dell'opportunità che lui le insegnasse.

Ha finito di scrivere uno schizzo di una pagina della sua prossima storia mentre era seduto sul suo letto.

Aveva bisogno di inviarlo al professore prima del suo prossimo incontro.

Dopo aver passato ore a scrivere e pensare, lo stato di trance di Samantha si spezzò quando bussarono al muro.

Era la sua bellissima compagna di stanza e la migliore amica fin dalle superiori, vestita solo con un asciugamano e con i capelli appena asciugati dopo la doccia.

"Stai ancora scrivendo le tue cose?" Chiese Vicky.

"Oh certo, ci sono ancora."

"Allora, come sono andate le tue foto oggi?"

Samantha alzò i pollici.

"Abbastanza bene."

"Mi piacerebbe vedere il nuovo libro."

"Aspetta, fammi controllare se me li hai già inviati."

Samantha ha rapidamente aperto il suo account Gmail e ha visto alcune nuove e-mail.

C'era un'e-mail dal fotografo che ha aperto e scaricato il file in esso contenuto.

C'erano trentotto immagini in totale.

"Lo sono già, te li invierò immediatamente", disse Samantha. "E fammi sapere cosa ne pensi. Personalmente, penso che sia una cosa molto buona. Mi piace di più di quello che ho fatto l'ultima volta."

Ovviamente, Samantha ha molto apprezzato l'opinione di Vicky sulla questione, perché la sua amica aveva fatto molto lavoro di modellazione da sola, e stava anche pianificando di lavorare nell'industria della moda un giorno come designer.

Vicky lasciò cadere l'asciugamano ed era nudo.

"Le darò un'occhiata più tardi. Hai già fatto la doccia? Quella festa è tra un'ora."

"Oh merda."

Vicky si mise un reggiseno.

"È uno di quei giorni, eh?"

Accidenti, aspetta.

Samantha aprì rapidamente la sua e-mail e scrisse un messaggio all'insegnante.

Ha allegato il documento di Word e poi lo ha inviato.

Quindi Samantha aprì un'altra e-mail e scrisse a Vicky un breve messaggio.

Ha allegato il file con le trentotto foto sottomesse degli schiavi e ha inviato l'e-mail.

Quindi Samantha chiuse il suo laptop e saltò giù dal letto.

Passò accanto al suo compagno di stanza mezzo nudo ed entrò nel piccolo bagno, che era ancora un po 'umido poiché Vicky l'aveva appena usato.

Si spogliò, quindi entrò nel box doccia aprendo il rubinetto per far cadere una cascata di acqua calda.

Mentre insapona e lava i capelli, Samantha ha pensato al suo prossimo progetto di scrittura e all'incontro con l'insegnante.

Pensò a come le avrebbe spiegato il suo lavoro.

Come lo avrebbe presentato.

Come si sarebbe espresso.

I punti principali che voleva comunicare in modo che l'insegnante comprendesse i suoi pensieri e, si spera, gli fornisse l'approvazione e la comprensione di cui aveva così tanto bisogno.

Pensava anche a cose banali, come cosa indossare.

Voleva apparire elegante, ma audace, senza nemmeno inviare segnali sbagliati.

Voleva apparire intelligente senza essere troppo tesa.

Inoltre, non voleva sembrare troppo semplice o facile, altrimenti avrebbe perso il rispetto dell'insegnante.

Doveva avere un bell'aspetto.

Forse avrebbe chiesto a Vicky la sua opinione in seguito anche su quella questione.

Samantha chiuse l'acqua, si asciugò i capelli e tornò nella camera da letto, dove Vicky era già vestita, e stava usando il suo laptop.

"Cosa ne pensi delle foto?" Chiese Samantha, guardando nel suo armadio.

"Intendi la tua scrittura?"

"No, alle mie foto, ovviamente."

"Bene, mi hai inviato per sbaglio la tua lettera", riferì Vicky. "Sembra piuttosto buono. Non sono un lettore molto, ma comprerei questo libro se lo scrivessi."

Samantha si bloccò.

I suoi occhi si spalancarono e il suo stomaco affondò.

Si precipitò sul suo laptop e controllò il suo account Gmail.

Controllò le e-mail inviate per vedere il messaggio che aveva inviato all'insegnante.

Quindi guardò l'allegato.

"Oh Dio".

Si coprì la bocca con la mano quando si rese conto che aveva accidentalmente inviato al professore le trentotto foto di schiavitù.

"La mia ... vita ... è ... rovinata", gemette Samantha, crollando sul suo letto, volendo piangere nel processo.

"Merda, hai appena inviato quelle foto al tuo insegnante?" Vicky rise in modo divertente.

Samantha seppellì la faccia nel cuscino.

"Non voglio parlare di questo."

"Guarda il lato positivo. Se è un ragazzo normale, probabilmente ti darà una A per la classe. Il rovescio della medaglia è che probabilmente dovrai succhiare il suo cazzo. A meno che non sia sexy, allora vorrai. Sai, tutto quello tema insegnante / studente ".

"Lo incontrerò domani. Dio, spero che non mi faccia causa per aver cercato di fare sesso o qualcosa del genere. Potrebbe essere espulso da scuola."

"Esiste una regola contro l'invio di foto di presentazione all'insegnante?" Chiese Vicky.

"Non lo so."

"Beh, hai fatto una doccia super veloce. Forse non l'hai ancora visto. Perché non lo chiami e gli dici di evitare di vedere la tua email?

Samantha si raddrizzò a sedere, con le lacrime agli occhi.

"Sei un genio."

Ha cercato nel programma del corso il numero di cellulare dell'insegnante, ma non era lì, a differenza di altri insegnanti.

L'unica linea d'azione sarebbe pregare di non averlo ancora visto.

Ha inviato un altro messaggio di avvertimento in anticipo.

Ha inviato un'e-mail con il titolo: PER FAVORE NON APRIRE L'ALTRA E-MAIL

"Professore,

Sono Samantha. Domani mattina abbiamo un appuntamento. Gli ho inviato un'altra email qualche istante fa. Spero sinceramente di non averlo aperto. Altrimenti, per favore no. Se è così, mi dispiace così tanto. È stato un incidente.

Qui ti mando i miei scritti.

Spero che questo errore non metta a repentaglio la nostra relazione accademica. Ho ancora intenzione di vederti domani per discutere del progetto di scrittura.

Con i migliori auguri,

Samantha ".

Quindi ha allegato il file con la scritta, verificando che stavolta stesse andando bene.

Una volta che il messaggio fu inviato, Samantha ricadde sul letto.

Si rese conto che il suo asciugamano era stato aperto e il seno sinistro era parzialmente esposto, ma non le importava.

Aveva ancora una festa dove andare.

Ma non avevo idea di potermi divertire di nuovo.

CAPITOLO III

Poco prima dell'incontro mattutino, Samantha decise di togliere alcuni vestiti dal suo armadio.

Pantaloni cachi, una camicia bianca abbottonata e un gilet scuro.

Informale, ma di classe.

Aveva i capelli raccolti in una coda di cavallo e indossava un trucco minimale.

L'ultima cosa che voleva fare era emettere vibrazioni erotiche, soprattutto dopo quell'orrendo errore di posta elettronica, a cui neanche l'insegnante si è preoccupato di rispondere.

Andò nel suo ufficio nell'edificio delle discipline umanistiche.

Quando arrivò, vide, attraverso la porta a vetri, l'insegnante seduto dietro la sua scrivania usando il computer.

Samantha era leggermente infastidita dal fatto che l'insegnante fosse sul suo computer e che non si fosse mai preoccupata di inviargli un'email di risposta.

Vabbè, pensò, ciò gli avrebbe risparmiato un po 'di disagio.

Bussò alla porta per attirare la sua attenzione.

"Giusto in tempo" disse il professore. "Chiudi la porta e siediti."

L'insegnante era molto più grande di lei.

Forse aveva quarantacinque o cinquant'anni, il doppio della sua età.

Era piuttosto bello, con un comportamento severo e forte.

C'era un'aria di saggezza in lui, che chiariva che era una persona molto intelligente.

Chiuse la porta e si sedette sulla sedia di fronte alla cattedra.

Rimase seduto in posizione perfetta, mentre l'oggetto dell'e-mail indugiò ancora nella sua mente.

Si chiese se si sarebbe avvicinato o meno.

Fino ad ora, quello non sembrava essere il caso.

Invece, l'insegnante ha messo un pezzo di carta sulla scrivania.

Era una copia stampata dei compiti di Samantha, con appunti scritti a mano ovunque.

"Vengo dalla vecchia scuola", ha detto. "Preferisco scrivere su carta e commentare con una penna. Cominciamo adesso?"

Lei annuì.

"Ovviamente."

"Arriverò all'argomento in questione, mi piacciono le tue idee. La storia di una giovane donna che ha trovato la sua strada nella vita è molto ricorrente, ma questa è una nuova svolta. Se ricordo bene, il primo giorno del corso, hai detto che volevi diventare un romanziere, vero? "

Lei annuì.

"Così è."

"E hai detto che volevi rendere questo il tuo primo romanzo che speri di pubblicare un giorno, è corretto?"

"È assolutamente corretto. E non te l'ho detto, ma in realtà sono un grande fan dei tuoi libri. Mi stanno ispirando. E apprezzo molto i tuoi commenti."

"Apprezzo le parole gentili", disse in tono calmo. "Sono qui per te e per tutti gli altri miei studenti. Ecco perché sono diventato un insegnante, per trasmettere le mie conoscenze, qualunque cosa io abbia, per aiutare la prossima generazione di scrittori."

Samantha lo guardò con un misto di preoccupazione e angoscia, come se fosse profondamente umiliata semplicemente seduta lì.

"Qualcosa è sbagliato?" chiese l'insegnante.

Ha raccolto il suo coraggio.

"Hai controllato l'e-mail ieri sera?"

"Ovviamente l'ho fatto. Stiamo discutendo del tuo incarico di scrittura, giusto?"

Si sentiva un'idiota.

"Non quella e-mail. Mi riferivo all'altra, sai, l'e-mail inviata per caso. C'era un allegato. L'hai scaricato?"

"Il mio compito è guardare cosa mi mandano gli studenti. Quindi sì, quando ho visto l'allegato, l'ho aperto."

"Hai visto le mie foto?" Samantha chiese retoricamente.

"La tua intestazione e-mail era che erano i tuoi compiti. Non sono un lettore di mente, Samantha. Sì, ho visto le tue foto. Ma non essere imbarazzato."

Emise un breve sospiro di sollievo.

"Quindi non sei deluso da me?"

"Perché dovrei essere?"

"Perché il suo studente, che va in una prestigiosa università, poserà per foto del genere."

"Non giudico le persone per aver esplorato altri percorsi", ha risposto. "Ecco di cosa parla la vita, no? Scoprire cosa ti piace, cosa non ti piace e poi prendere decisioni."

"Grazie."

"Perché?"

"Grazie per non essere un coglione", ha detto. "Scusa la mia lingua, ma sono sicuro che altri professori di questa università mi avrebbero espulso. O quello, o avrebbero richiesto il sesso orale o qualcosa del genere."

"In realtà, stavo per richiedere i tuoi servizi."

Lei era sorpresa.

"Veramente?"

"Sto solo scherzando. Probabilmente hai ragione. Altri insegnanti avrebbero potuto interpretare quell'e-mail come una richiesta sessuale. Ma non sono come gli altri insegnanti. Capisco che le persone commettono errori con le e-mail."

"E le foto stesse?" lei chiese. "Lo consideri un errore da parte mia?"

"Fai?"

Samantha si alzò a sedere dritta e ribelle.

"No, non lo so. Sono orgoglioso delle foto che mi hanno fatto. Penso che siano belle e artistiche."

"Se è quello che pensi, chi sono io per giudicarlo?"

"Sono contento che l'abbiamo risolto", rispose sollevata.

"Perché non lo incorpori nel tuo romanzo? Hai accennato ai temi della sessualità per la storia che intendi scrivere, quindi perché non incorporarne un po '? Non devi andare nei dettagli, ma parlare della tua esplorazione."

"Onestamente non so se posso farcela."

"Hai esperienza con lo stile di vita di quelle foto?" Chiese.

Lei scosse la testa.

"Non proprio ".

"Perché no, se posso chiedere?"

Samantha ci pensò un momento.

"Non ho mai trovato qualcuno di cui mi possa fidare per farlo. Voglio dire, fare sesso è una cosa, ma la presentazione è qualcos'altro. Sento che è molto più intimo e dovrebbe essere condiviso solo con la persona giusta."

"Ecco perché mi piaci. Sei intelligente, talentuoso e forte. Ci sono molti idioti là fuori. Ma una vera relazione Maestro-sottomessa si basa sulla fiducia e sull'affetto. Il Maestro deve rispettare il sottomesso. Ci deve essere fiducia. sottomesso può essere completamente libero di lasciarsi andare ".

Un sorriso apparve sul suo viso.

"Come fai a sapere tutto questo?"

"Normalmente non ne parlo, ma sono stato un Maestro per diverse donne nella mia vita. Le donne erano molto sottomesse e mi hanno dato totale obbedienza. In cambio, mi sono preso cura di loro, emotivamente e sessualmente. Erano relazioni basate sulla fiducia e sulla comprensione reciproca."

Per un momento, Samantha fu stupita.

Sperava che l'appuntamento in ufficio fosse dolorosamente imbarazzante.

Invece, ciò che ottenne fu un'insegnante sessualmente avanzata che apparentemente la capiva.

"Va bene", ha detto. "Penso che abbia ragione. Ha senso incorporare alcune di queste cose nel mio progetto di scrittura. Non tutto ciò che riguarda la schiavitù, ovviamente, ma l'autoriflessione e la scoperta."

L'insegnante ha piegato il foglio.

"Quindi ora non avrai bisogno di tutti i miei appunti, dato che la storia è cambiata. Ma portali con te. Ti suggerisco di trovare una nuova storia per la seconda metà del tuo romanzo, insieme a un nuovo finale. Molti studenti trovano questo corso stesso rivelatore. Imparano cose su se stessi durante il processo di scrittura. Questo è ciò che amo insegnare ".

Una sensazione di delusione si diffuse su Samantha mentre l'insegnante le metteva il foglio piegato davanti.

"Il nostro incontro è finito?" lei chiese.

"Sì. Ovviamente devi cambiare parti della tua storia, quindi i miei commenti sono sostanzialmente inutili."

"Possiamo incontrarci di nuovo? Volevo ancora parlarti per un consiglio di scrittura."

"Possiamo discutere della scrittura dopo aver gestito la trama."

Un nuovo senso di fiducia e comprensione traboccò su Samantha.

Era come un'epifania.

Il suo amore per la schiavitù e la scrittura apparentemente si sono riuniti per la prima volta.

Lei annuì.

"Grazie di tutto. Sei il migliore."

"Perché ho la sensazione che tu stia pianificando qualcosa?"

"Solo il mio primo romanzo", sorrise.

"Volevo dire quello che ho detto. Mi piace il fatto che tu sia cauto con le tue fantasie e il tuo corpo. Se potessi insegnarti una cosa, sarebbe non fare nulla di stupido con il tuo corpo. Rispetta te stesso. Questa è la cosa più importante che posso insegnare una giovane donna come te. "

In quel momento, Samantha provava sentimenti per l'insegnante.

Lo sentì nella sua mente, nel suo cuore e tra le sue gambe.

Lei lo sapeva.

E la maestra si rese conto di cosa doveva pensare.

SECONDA PARTE
LE IMMAGINI

27

CAPITOLO I

Passarono alcune settimane.

Con il successo ottenuto nella galleria d'arte, il fotografo ha chiesto a Samantha di tornare in studio per scattare altre foto, e lei ha accettato volentieri.

Era la sua occasione per sfuggire allo stress della vita e godersi una fantasia.

Inoltre, i soldi che avrei ottenuto per me andavano bene.

Come guardaroba indossava un piccolo vestito nero, composto da un reggiseno e mutandine di pelle.

Indossava anche stivali neri.

Alla fine, e soprattutto, indossava la piccola maschera nera.

Dio vieta che qualcuno la riconosca.

Mentre indossava l'abito e la maschera, Samantha provò un'ondata di eccitazione mentre si preparava per il servizio fotografico.

In un modo strano, ha capito le esigenze dei tossicodipendenti.

Questa era la sua dipendenza.

Qualcosa che bramava emotivamente e fisicamente.

Quando fu pronta, entrò nello studio dove il fotografo stava preparando la sua macchina fotografica.

Le luci, gli accessori e gli sfondi erano già al loro posto.

Avevano le loro solite chat e battute.

Samantha ha espresso la sua gratitudine e felicità per gli altri ritratti venduti bene.

Il fotografo ha notato che è stato tutto grazie a lei.

"Continueremo da dove eravamo rimasti?" chiese il fotografo, tenendo la macchina fotografica in mano, con la cinghia intorno al collo.

"In realtà, oggi vorrei provare qualcosa di un po 'diverso."

Sembrava aperto a quello.

"Hai qualcosa in mente?"

"Non proprio. Non lo so. Ma mi sento un po 'più avventuroso."

Ci pensò un momento.

"Che ne dici di mostrare un po 'più di pelle? So che sei sempre stato preoccupato per questo, ma più pelle generalmente aiuta con le vendite."

Dopo un breve momento di esitazione, Samantha abbassò il lato sinistro del reggiseno, per rivelare parzialmente il suo piccolo capezzolo rosa.

"Che ne dici?" lei chiese.

Rimase professionale a riguardo.

"Possiamo farlo così. Certo. Che ne dici di schiavitù? Come prima?"

"Le mani dietro la schiena questa volta. E in ginocchio. Mi piace quanto sarò vulnerabile."

"C'era qualcosa nel tuo caffè oggi?" ha scherzato.

"Lascia. L'unica cosa che succede è che sono una donna con un'idea in mente."

"Qualunque cosa tu dica. Mi piace quell'idea. Cominciamo con questo. Ti legherò i polsi da dietro."

Il fotografo abbassò la macchina fotografica e la lasciò appendere al collo.

Poi è andato per le corde.

Samantha si voltò e si mise le mani dietro la schiena.

Prima che lui le legasse le corde, lei lo fermò.

"Aspetta, aspetta un momento."

Samantha allungò la mano e abbassò un po 'anche la parte destra del reggiseno, esponendo i suoi due piccoli capezzoli rosa.

Quindi si mise rapidamente le mani dietro la schiena.

"Okay, ora sono pronto", ha detto.

Il fotografo ha legato la corda e fatto un nodo, unendo le mani di Samantha.

Questo le dava una strana sensazione di soddisfazione, soprattutto ora che i suoi capezzoli erano esposti.

"Ora siamo pronti per andare avanti. Dammi una posa. Dato che oggi ti senti avventuroso, ti lascerò improvvisare. Fai quello che vuoi."

Samantha ha affrontato il fotografo, che ha fatto qualche passo indietro e ha iniziato a scattare foto.

Le faceva sentire strano per un uomo scattare foto dei suoi capezzoli nudi, mentre le sue mani erano legate.

Era così eccitante e sentì un ronzio tra le gambe e formicolio di sensazioni attraverso i suoi capezzoli.

Non c'era molto che potesse fare con le sue braccia.

Ed era abituata a ricevere istruzioni durante la modellazione.

Quindi l'inizio è stato un po 'imbarazzante.

A poco a poco si abituò, muovendo spalle, fianchi e piedi per formare diverse pose.

Quindi si inginocchiò.

Una posa vulnerabile.

Ha preso diversi colpi da diverse angolazioni.

Rotolò su un fianco.

Ha fatto altre foto.

Si girò, premendo lo stomaco e i capezzoli sul pavimento.

Ha fatto delle foto al suo culo.

Poi rotolò sulla schiena, le mani legate dietro di lei, i capezzoli che puntavano in aria.

Ha scattato altre foto e ha provato una scarica di adrenalina.

Grazie a Dio per la maschera, che gli ha permesso di preservare la sua identità quando queste immagini sarebbero state pubblicate in varie gallerie d'arte, visto da Dio sa quante persone.

L'esibizionismo è stata una strana emozione per lei.

Ma non tanto quanto la presentazione.

CAPITOLO II

Dopo una veloce sessione di masturbazione nella sua camera da letto, Samantha si lavò le mani e si sistemò nel suo letto.

Si sedette dritta con la schiena contro il cuscino e il portatile in grembo.

Fresca dal servizio fotografico, era armata di nuove emozioni ed esperienze, il che era perfetto per uno scrittore dilettante come lei.

Ha aperto il word processor e ha continuato il suo incarico di scrittura, che sarebbe anche la base per il suo primo romanzo.

Ho già fatto diverse pagine.

Mentre scriveva Samantha, ha incontrato un ostacolo.

Si chiedeva quanta parte della sua vita personale avrebbe usato.

Si chiedeva fino a che punto il personaggio nella storia sceglierà di esplorare.

Ed esplorare cosa?

La fantasia di Samantha era la sottomissione sessuale.

Questo è ciò che aveva sempre desiderato.

Questo è quello che voleva.

Metterlo nel libro permetterebbe ai tuoi amici e familiari di conoscere i tuoi pensieri interiori, perché tutti lo leggerebbero.

Si sarebbero chiesti se Samantha stesse scrivendo una storia puramente immaginaria, o se stesse esprimendo i propri desideri e usando il libro come mezzo di comunicazione.

Era il dilemma dello scrittore.

Fortunatamente, conosceva l'uomo con cui poteva parlare di questo.

Aprì il suo account Gmail e vide che aveva due e-mail.

Uno da un amico, l'altro dal fotografo che aveva appena inviato per email l'ultima serie di immagini che avevano fatto insieme quel giorno.

Ma questo non era importante in questo momento.

Ha scritto un messaggio con un titolo diretto: possiamo vederci?

"Salve professore,

Spero tu stia bene. I progressi nel mio incarico di scrittura sono stati costanti, ma ho raggiunto un ostacolo in termini di storia.

Più specificamente, sto lottando con quanta parte della mia vita personale dovrei includere in essa. E sì, mi riferisco all'argomento di cui abbiamo discusso nel tuo ufficio qualche settimana fa. Sono sicuro che capisci come dovrei sentirlo al riguardo.

Mi aiuti per favore!

Samantha "

Ha inviato il messaggio.

Quindi ha letto l'e-mail della sua amica e ha inviato una risposta rapida.

Alla fine aprì l'e-mail del fotografo, che conteneva un breve commento insieme a un allegato, che conteneva un totale di sessantotto immagini.

Scaricò il file e guardò brevemente le immagini.

Era un po 'surreale vedersi così.

Mani legate dietro la schiena.

La maschera che nascondeva la sua identità.

E i suoi capezzoli esposti.

Le foto di lei in ginocchio e sulla schiena erano eccitanti.

Gli appassionati di arte erotica comprerebbero sicuramente quelle immagini alla prossima mostra d'arte.

Erano fatti in modo brillante, pensò Samantha.

Si chiese brevemente se avrebbe dovuto inviare quelle stesse foto all'insegnante.

Forse vorrebbe anche vederli.

Comprende ovviamente le scelte di Samantha, che ha molto apprezzato.

Inoltre, quelle immagini erano in qualche modo rilevanti per il suo incarico di scrittura, in quanto espressione della sua stessa sessualità ed esplorazione.

Samantha ha composto un'altra e-mail con un'intestazione breve e un breve messaggio per l'insegnante.

Allegò il file con le sessantotto immagini che il fotografo gli aveva scattato quel giorno.

Stava inviando al suo insegnante altre foto di schiavitù, solo che questa volta sarebbe stato apposta, non per caso come prima.

Il dito indugiò un po 'sul pulsante "Invia" nell'e-mail.

Lei esitò.

Quindi ha eliminato completamente l'e-mail.

Cosa penserebbe il professore se gli inviasse un'altra serie di foto di bondage?

Probabilmente lo stava prendendo in giro, pensò, considerando che lui aveva detto che l'altro era stato un errore.

O che cercava disperatamente di sedurlo.

È arrivata un'e-mail.

Fu una risposta dell'insegnante:

"Certo, domani sono libero alle nove del mattino. Insegno un'altra lezione alle dieci del mattino, quindi il tempo è limitato.

Inviami la tua storia. Lo leggerò stasera e possiamo discuterne domani.

Professore "

Le cose si muovevano e le ruote erano in movimento.

Lo mandò via e-mail con un allegato alla sua storia.

Si chiese cosa avrebbe pensato.

CAPITOLO III

La prossima mattina.

La porta dell'ufficio dell'insegnante era aperta.

Come al solito, sembrava lavorare, guardando alcuni fogli sulla sua scrivania.

Samantha si era vestita in modo simile al loro ultimo incontro.

Qualcosa di informale, ma di classe. Non molto sexy, non troppo prudente.

Non voleva inviare segnali sbagliati, soprattutto di cosa discuteranno.

Dopo aver bussato alla porta, l'insegnante vide lo studente e la invitò a entrare.

Si scambiarono alcune battute mentre lei sedeva di fronte a lui alla scrivania.

Certo, avevano parlato molte volte in classe, ma un incontro privato era sempre più speciale.

"Hai letto tutto?" lei chiese.

"L'ho fatto. E mi è davvero piaciuto", ha risposto. "Lavoro solido. Hai un buon talento. Penso che la tua forza come scrittore sia il tuo realismo. C'è una grande profondità nei personaggi."

L'orgoglio è esploso dentro Samantha, ma è riuscita a contenerlo.

"Grazie. Ci ho pensato molto."

"Sono sicuro che lo hai fatto. Come incarico di scrittura, questo è probabilmente un lavoro di livello A", ha spiegato. "Ma non sei soddisfatto, vero? Stai cercando di diventare un romanziere."

"Così è."

L'insegnante ha preso alcuni documenti.

"Alcune note che ho preso, che volevo discutere con te. Sono semplici esempi per espandere le tue descrizioni e storie secondarie in modo da poter completare un buon libro. Anche se non mi aspetto che tu lo faccia ora. Francamente, se ogni studente mi ha dato un lungo romanzo sarei inghiottito leggendo costantemente ".

Samantha prese i fogli e i suoi occhi lessero rapidamente gli appunti.

"È incredibile. Grazie."

"Non c'è bisogno di ringraziarmi."

"Lo fa per tutti gli studenti?" lei chiese.

"Solo per gli studenti che vogliono diventare romanzieri e vogliono un livello extra di critica. Sono sempre pronto ad aiutare in questo senso."

"Hai mai dormito con uno studente?" chiese senza mezzi termini, senza preoccuparsi delle possibili conseguenze.

"Perché me lo chiedi?"

"Sto facendo ricerche sui personaggi per il mio incarico di scrittura."

Lui sorrise.

"È così? Sei una ragazza diretta, lo sapevi?"

"Le ragazze timide non possono entrare in una scuola come questa. Questo è certo."

"Probabilmente hai ragione."

"Allora, qual è la risposta?"

"L'ho fatto, con uno studente qualche anno fa", ha risposto. "Ma tieni presente che non ero uno stalker. Non ho mai perseguitato sessualmente uno studente."

"Allora, come è potuto succedere?"

"Diciamo che abbiamo avuto un amico comune e ci siamo incontrati a una festa. Una festa di scambisti. Entrambi avevamo estremità opposte dello stesso interesse. Era una sottomessa incondizionata. Ero un Maestro esperto. Potete immaginare il resto."

"Interessante."

"Sarà davvero nella tua storia?"

"Probabilmente", rispose. "Nella mia storia, la giovane donna crea una relazione con un uomo molto più anziano, che ha molta più esperienza nella vita."

"Anche bello, spero."

"O sì."

"A proposito, hai menzionato qualcosa nella tua e-mail sull'incorporazione della tua vita personale nella tua storia."

Samantha annuì.

"Esatto. Il mio cuore e la mia mente vogliono portare la storia nella stessa direzione. Il punto è che quella direzione coinvolge, sai, il sesso. La maggior parte dei giovani attraversa questa fase, dove vogliono solo esplorare il sesso e le sue bellezza. Immagino sia per questo che scorre nella mia scrittura. "

"E sei preoccupato che le persone ti giudichino in base al contenuto della tua storia."

"Esatto. Ha attraversato la stessa cosa con i suoi libri?"

"Certo che lo è. Ma è diverso. Sono un uomo. Sei una giovane donna. La società ha standard diversi per noi quando si tratta di sesso. Ma se stai cercando una mia risposta in questo senso, mi dispiace, non posso dartene uno. Risposta. Questa deve essere tua. Questa è la tua arte, la tua storia, non la mia. "

Samantha ci pensò un momento e annuì.

"Posso mostrarti qualcosa?"

"Ovviamente."

"Aspetta un secondo."

Samantha prese il telefono e cercò tra le sue foto.

Quindi ha consegnato il telefono all'insegnante.

"Quelli provengono da un servizio fotografico che ho fatto ieri", ha spiegato. "Ieri te li ho quasi inviati, ma non pensavo fosse appropriato."

Ha rivisto le immagini esplicite.

"Allora perché pensi che sia appropriato adesso?"

"Perché apprezzo la tua opinione. E volevo mostrarti che ho ricevuto il tuo consiglio dall'ultima volta che ci siamo incontrati. Mi ha detto di rispettare il mio corpo. Beh, l'ho fatto. Sì. Quelle pose erano la mia idea.

Questa è la mia fantasia e la mia espressione sessuale. come una giovane donna in buona salute ".

L'insegnante guardò di nuovo le foto al telefono.

"Sembri certamente una giovane donna in buona salute."

Le restituì il telefono e Samantha lo mise via.

"Posso farti una domanda personale?"

"Perché no? Siamo già diventati personali."

Deglutì a fatica.

"Come Maestro, cosa faresti alla tua sottomessa, se fosse in quella posizione? In ginocchio con le mani legate."

"Qualche motivo particolare per cui vuoi saperlo?"

"Sono solo curioso. Mi aiuterà a scrivere i compiti, perché capirò cosa farebbe un vero Maestro in quella situazione."

Ci pensò un momento.

Forse stava pensando a cosa avrebbe fatto.

Forse stava pensando se doveva dirlo o no.

Samantha non poteva dirlo.

Alla fine, l'insegnante ha dato la sua risposta:

"Ti allenerei la gola."

Fu sorpresa per un attimo.

"Suppongo che tu intenda ..."

"Gola profonda. Mi dispiace per la lingua, ma è quello che vorrei fare. È la cosa più ovvia in quella posizione, giusto? Sei in ginocchio. Con le mani legate dietro la schiena, non sarai in grado di resistere al mio ingresso con la bocca."

Samantha si sentì stringere la figa.

"Questo ha certamente senso."

"Bene, è così che crei una bella storia. Immagina tutti gli scenari e cosa succederebbe dopo. Come reagirebbero i diversi personaggi in ogni situazione. È così che dovresti pensare."

"Lo so."

Lui sollevò un sopracciglio.

"Sembra che tu abbia più della tua storia completa di quella che mi hai mandato per email."

"Gli ho mandato tutto", ha detto con espressione giocosa. "Ho anche molte idee, ma non le ho ancora scritte. Devo superare l'ansia che le persone conoscano i miei pensieri."

"Gli autori non possono superare i limiti se sono in ansia per ciò che la gente pensa. Questo è sicuro."

"Hai qualche consiglio per quello?" Chiese con una voce leggermente acuta, come se stesse suggerendo qualcosa.

"Beh, ho scritto tutti i miei romanzi allo stesso modo, che è quello di produrre la migliore storia possibile che voglio raccontare, e sperando che la gente apprezzerà leggerlo."

"Ha senso."

"Ma non te lo consiglierò, data la natura di ciò di cui abbiamo discusso", ha aggiunto. "Deve essere la tua decisione che tipo di storia vuoi raccontare, quanto è onesta e quanto sesso vuoi includere."

"E se volessi, sai, spingere i limiti?"

"È una tua decisione. Ma come ho detto, non essere stupido. Questo mondo è pieno di persone che vogliono usarti per fare sesso."

"E se volessi essere usato? "

L'insegnante la guardò dritto negli occhi.

Lei ricambiò il suo sguardo.

Nessuno dei due era ignorante.

Sapevano esattamente cosa stava attraversando le menti degli altri.

"Sono troppo vecchio per i giochi, Samantha", ha detto il professore. "Sono già stato generoso con il mio tempo e feedback. Quindi, se vuoi qualcosa di più da me, non giocare, sii solo una donna adulta e dillo."

Samantha si sentì stringere il petto.

Inspirò ed espirò più forte.

"Mi aiuterai? Mi insegnerai?" Ha già detto con fiducia.

"Ti insegna cosa, esattamente?" chiese bruscamente, come un insegnante che sgrida uno studente cattivo per essere troppo impreciso. "Essere chiaro."

"Saresti il mio padrone?"

"Quella scelta è un dono", ha detto. "Devi scegliere saggiamente."

Fece un respiro profondo.

"Ho fatto solo un terribile errore? Dio, sono un idiota. Mi dispiace così tanto. Ti prego, ti prego, non lasciare che questo rovini il nostro rapporto accademico. Voglio davvero continuare a lavorare con te."

"Sei rumoroso quando hai orgasmi?" chiese senza mezzi termini.

"Scusate?"

"È una domanda semplice. Penso che tu mi abbia sentito bene."

Si schiarì la gola.

"Sono quasi normale. Ma tutto dipende, ovviamente, dal mio umore e da come mi sento."

"Alzati la maglietta, poi alzati il reggiseno per esporre i capezzoli, come in quelle foto."

Era il momento della verità.

La prima volta che Samantha si sottometteva a un uomo.

Sollevò la camicia accuratamente stirata per rivelare la sua pancia nuda.

Poi più in alto per rivelare il suo reggiseno bianco, che conteneva il suo seno un po 'disturbato.

Quindi sollevò il reggiseno per rivelare i suoi piccoli capezzoli rosa.

"È questa la tua idea di dominarmi?" chiese lei, quasi sfidandolo a fare di più.

"È un inizio. Vuoi andare oltre?"

"Sì."

"Gioca con i tuoi capezzoli. Pizzica. Spremi. Mi piacerebbe vedere come lo fai."

Samantha obbedì all'insegnante.

Lui pizzicò e strinse i suoi piccoli capezzoli rosa mentre continuavano a fissarsi negli occhi.

"È questa la mia iniziazione?" lei chiese.

"Non esattamente. Non ancora."

Ha continuato ad accarezzare le sue tette.

"Non è?"

"In primo luogo, dovrò vedere quanto sei coraggioso. Un servizio fotografico è una cosa, la vita reale è un'altra", ha spiegato. "Sbatti i pantaloni. Gioca con la tua vagina nuda per me. Proprio lì. Orgasmo, ma fallo piano. Poi discuteremo di come spingere i tuoi limiti più tardi."

Iniziò a sbottonarsi i pantaloni.

"Posso gestirlo."

"Ti fa sentire a disagio?"

"È un po 'strano", rispose lei con una leggera scrollata di spalle. "Ma è eccitante."

Con i pantaloni sbottonati, fece scivolare la mano destra sulle mutandine e si strofinò il clitoride.

Mantennero il contatto visivo mentre si masturbava, come se fosse una sfida di qualche tipo.

"Cosa stai pensando?" Chiedo.

"Davvero vuoi saperlo?"

"Certo che si."

Samantha ha continuato a giocare con il suo clitoride.

"Entrambi fanno un servizio fotografico insieme. Una sessione di bondage."

"Cosa faremmo?"

"Mi legheresti. Poi mi alleneresti la gola."

"Duro o morbido?"

Lei sorrise.

"Perché non me lo dici?"

"Sono sempre gentile", rispose, guardando il suo studente masturbarsi per lui. "Preferirei prendermi il mio tempo e andare piano. Se avessi la gola profonda, sarebbe quasi romantico, in un modo strano. Andrei molto lentamente. Assicurandoti di prendere la quantità corretta. Quando ci sei abituato, andrebbe un po 'più veloce, un un po 'più difficile. "

Samantha si strofinò più velocemente il clitoride mentre ascoltava il suo insegnante parlare.

Ha immaginato lo scenario che ha narrato mentre parlava.

"Oh Dio," ansimò, sfregandosi più velocemente.

"Penso che tu sia pronto per essere un sottomesso. E forse vorrei essere il tuo Maestro."

Samantha ansimò di nuovo le parole "oh dio" quando raggiunse l'apice.

Non c'era vergogna o somiglianza quando venne, guardando l'insegnante negli occhi.

Rimase quasi senza fiato per un momento in cui il suo corpo si irrigidì e poi si liberò.

Lei tremò leggermente quando tutto fu finito.

L'insegnante si alzò e si avvicinò allo studente, che si stava ancora riprendendo dall'orgasmo.

"Ben fatto", ha detto.

L'insegnante si mise il reggiseno di Samantha e si premette il seno per coprirsi i capezzoli.

Quindi abbassò la camicia, assicurandosi che fosse bella e pulita.

Poi l'aiutò ad abbottonarsi i pantaloni.

Quando l'insegnante ha finito di vestire Samantha, sembrava nuova, con un'espressione brillante sul viso e punte delle dita leggermente bagnate.

"Qual è il prossimo?" lei chiese. "Per noi."

"Avanti? Presto seguirò una lezione. Devo andare. E se non sbaglio, presto avrai anche una lezione."

"Capito."

"Vuoi che ci incontriamo di nuovo?"

Lei annuì.

"Lo voglio."

"Solo per discutere del tuo incarico di scrittura?"

Esitò, la sua voce tremava.

"Voglio, sai, continuare questo. La mia formazione. Questa esperienza è utile per il mio processo di scrittura."

"E che altro?"

Sapeva esattamente cosa voleva sentire l'insegnante.

"E penso che sia molto eccitante", ha risposto onestamente. "È la mia fantastica fantasia. Sono venuto per te, pensando a te. Voglio essere il tuo sottomesso."

"Lunedì. Vieni qui, nel mio ufficio, alle sette del mattino."

"Perchè così presto?"

"Nel caso urlassi accidentalmente, non voglio che nessuno lo ascolti."

Gli occhi di Samantha si spalancarono e la sua figa si strinse.

CAPITOLO IV

Durante il fine settimana, ha partecipato a un altro servizio fotografico con lo stesso fotografo.

Nello stesso studio.

Con gli stessi accessori.

Le immagini erano più rischiose quando si sentiva a proprio agio con la sua sessualità e preferenze sottomesse.

Ha chiesto di stringere le corde.

Voleva provare a provare com'era essere un vero sottomesso.

E lei ha fatto proprio questo.

Il risultato finale è stato molto erotico, ma fatto con piacere.

Samantha era di nuovo in ginocchio, con i polsi legati davanti a sé e una maschera nera sul viso.

Durante il servizio fotografico in tutte le espressioni del corpo che ha eseguito, ha emesso un'alta sensualità perché pensava costantemente che l'insegnante la stesse allenando.

Di nuovo in camera da letto, Samantha ha scritto senza sosta e con grande intensità sul suo laptop, seduto nella sua posizione preferita di scrittura, sul suo letto, con la schiena contro il cuscino.

Il suo compagno di stanza, Vicky, giaceva nel letto adiacente, vestito solo con una maglietta.

Quando Vicky allungò il suo corpo, la sua figa fu esposta, ma erano entrambi abituati a vicenda.

"Tutto quello che fai è scrivere" disse Vicky. "Non ti annoi mai con quella cosa?"

Samantha continuava a scrivere.

"Non c'è modo."

"Probabilmente otterrai buoni voti questo semestre con tutto quello che hai scritto. Dai, andiamo fuori per hamburger e frullati."

"Ho bisogno di guardare la mia dieta."

"Allora mangia solo l'hamburger e salta il frullato."

Samantha fece una pausa e guardò il suo compagno di stanza.

"Non è una cattiva idea. È passato troppo tempo dall'ultima volta che ho mangiato un hamburger."

"Il mio regalo. E conosco esattamente il posto," disse Vicky, saltando giù dal letto.

Samantha stava per chiudere il suo portatile quando ricordò qualcosa.

Ha cercato le foto.

"Aspetta, posso mostrarti qualcosa molto velocemente?"

Vicky si avvicinò e guardò le immagini esplicite sul portatile.

Immagini di una Samantha parzialmente nuda, in ginocchio, con polsi legati e suggestive pose sensuali.

"Dannazione ragazza," esclamò Vicky. "Sei davvero tu?"

"Sì."

"Non avevo idea che tu potessi essere così ..."

"Simbolo del sesso?" Samantha ha scherzato. "Cerco di tenere nascosto quel lato."

Vicky rise.

"Beh, qualunque cosa tu faccia, continua così. A questo ritmo, non avrai nemmeno bisogno di un diploma universitario, potresti essere un modello professionale."

"Preferisco la mia attuale carriera professionale."

"Qualunque cosa funzioni per te. Nel frattempo, ho fame. Vestiamoci."

Samantha guardò la sua compagna di stanza andare nell'armadio e togliersi la camicia, lasciandola completamente nuda.

Come al solito, Samantha provò una piccola ammirazione perché Vicky era benedetta nel reparto del seno, con grandi tette che attiravano l'attenzione, ma Samantha cercava di non essere gelosa.

Si sentì anche un po 'in colpa per non aver raccontato alla sua compagna di stanza la situazione con l'insegnante.

Sin dal liceo, erano sempre onesti con tutto, soprattutto per i ragazzi.

Non si sono mai tenuti segreti gli uni dagli altri.

Ma questo era diverso.

L'insegnante fece promettere a Samantha di non dirlo a nessuno e Samantha manteneva sempre la parola.

Prima di alzarsi dal letto, Samantha ha rapidamente aperto il suo account Gmail e ha scritto un messaggio per il suo insegnante.

Ha allegato l'ultima versione del suo incarico di scrittura.

Ha quindi allegato le ultime foto di schiavitù che aveva scattato quel giorno.

Inviato.

Samantha mise via il portatile e si tolse i vestiti, spogliandosi accanto al suo compagno di stanza.

Avevo urgentemente bisogno di mangiare qualcosa ad alto contenuto di calorie.

TERZA PARTE
LE CORDE

51

CAPITOLO I

Quando è arrivata lunedì mattina, Samantha non era più preoccupata per il suo vestito o aspetto.

Non come nelle altre occasioni in cui aveva incontrato il professore.

Era già abituata a vedere l'insegnante in privato e si era già masturbata per lui.

Indossava una semplice camicetta, i capelli raccolti in una coda di cavallo e un leggero trucco sul viso.

Era anche troppo presto per mettere qualcos'altro.

C'erano anche le brevi istruzioni che l'insegnante gli aveva inviato per e-mail la sera prima.

Le chiese di indossare una gonna corta e di non indossare mutandine.

Una richiesta che era desiderosa di soddisfare, anche se non aveva idea di cosa sarebbe successo.

L'insegnante arrivò all'edificio all'incirca nello stesso momento.

In quel momento della giornata, quasi nessuno era in giro.

Portava la sua solita borsa da ufficio, che di solito conteneva il suo laptop e i libri per la classe, insieme alle chiavi in mano per aprire la porta del suo ufficio.

A questo punto, la loro relazione era diventata casuale e, vedendosi, si domandavano del fine settimana.

Samantha lo sentì diventare un po 'più civettuolo con lui, e l'insegnante era molto meno severo che in classe.

L'insegnante ha chiuso a chiave la porta una volta entrati nell'ufficio, il che era insolito in quanto non l'ha mai tenuta chiusa quando erano dentro.

Quando si sedettero uno di fronte all'altro, la conversazione cambiò.

"Ho letto il tuo documento", ha detto. "E ho visto le tue foto."

Questo la rendeva nervosa per qualche motivo che non riusciva a spiegare.

Cercò di nascondere il fatto di essere per un po 'a disagio, dal momento che non voleva mostrargli alcun tipo di debolezza.

"Che cosa hai pensato di tutto ciò?"

"Penso che la tua scrittura sia solida. La struttura della trama è buona. Grammatica impeccabile. Hai un'ottima conoscenza della lingua inglese e mi piace che tu vari le descrizioni. Soprattutto, la trama e i personaggi sono ben sviluppati. Sembra autobiografico. È vivido. Mi piace. "

In qualsiasi altro momento, Samantha sarebbe stata completamente lusingata dai complimenti che aveva appena ricevuto da un insegnante che rispettava profondamente.

Ma ora, mentre sedeva senza mutande, quella era l'ultima cosa che aveva in mente.

"Cosa hai pensato delle foto?"

"Sei una bellissima giovane donna, Samantha", disse. "Ho sempre pensato a te."

"Volevi che venissi qui alle sette del mattino, quando nessun altro è in giro. Mi hai detto di indossare una gonna. E nemmeno io indosso le mutandine."

"Quindi, sei venuto qui solo per allenarti, vero?"

Lei annuì.

"Sto prendendo in giro me stesso?"

"Alzati e guarda avanti."

Samantha si alzò, si aggiustò la camicia e la gonna per sembrare ordinata e guardò avanti.

Anche l'insegnante si alzò e le si avvicinò, osservando da vicino il suo bel viso giovane, cercando di leggere le sue espressioni facciali.

Le labbra di Samantha sembravano stringere.

Il suo corpo era teso e rigido, ma c'era un piccolo luccichio nei suoi occhi, come se avesse aspettato molto tempo per questo.

"Mi piaci davvero, Samantha," disse. "Sei intelligente, motivato, molto gentile e bello."

"Grazie," disse lei, quasi in un sussurro.

"Devo dirti che mi piace essere il Maestro. È qualcosa che prendo molto sul serio. E prendo sempre la massima cura ai miei servitori."

Servi? A Samantha piaceva dove stava andando.

"Capisco" rispose lei.

"E tu? A causa della nostra differenza di età e della mia posizione all'università, non possiamo mai uscire. Non possiamo mai tornare romanticamente. Ti dà fastidio?"

"Posso mantenere un segreto. E sono troppo occupato per avere un ragazzo."

"Quindi, la dolce Samantha è alla ricerca di un Maestro? Per puro bisogno sessuale, no?"

"Penso che tu lo sappia già," disse piano.

"Ci hai pensato? Sono il tuo primo Maestro? Concediti tutto me stesso? Non andrò mai a metà strada. Una volta che sarai mio, farò ciò che voglio con te. Ti spingerò ai tuoi limiti. Ma se vuoi finirlo , sarà finita."

La figa di Samantha si strinse.

"È quello che sto cercando. Ho sempre desiderato essere sottomesso. E voglio stare con te."

"Perché io?" chiese.

Lei era nervosa.

"Dalla tua esperienza con questo. Adoro il fatto che tu sia così attento. E adoro come pensi. Chi sei. Adoro l'intero tema insegnante-studente. Adoro il potere autorevole che hai su di me."

"Solleva la gonna."

Samantha sollevò la gonna per rivelare la sua figa rasata e il suo culo nudo.

Era nervosa e le sue mani tremavano leggermente mentre teneva la gonna.

"Sei più bello di persona che nelle foto", ha detto.

"Grazie."

"Adesso chinati. Metti le mani sulla mia scrivania. Apri le gambe."

Samantha obbedì.

"Che cosa hai intenzione di fare?"

"Ti farò un grande favore. Questo è per il tuo incarico di scrittura. Mi piace dove sta andando la tua storia. Ma hai alcune cose da imparare. Se vuoi scrivere correttamente su un viaggio sessuale, allora come insegnante, mi piacerebbe che tu lo facessi. esperienza di prima mano ".

La figa di Samantha si contorse mentre manteneva la sua posizione sulla scrivania.

Continuò a guardare dritto mentre il professore perquisiva la sua borsa da ufficio.

Non avevo idea di cosa stavo cercando, né volevo cercare.

Avevo troppa paura di guardare.

Voleva semplicemente lasciare che le cose progredissero.

Le sue mani iniziarono a strofinarle il fondo liscio e le cosce toniche.

"Che belle gambe", ha osservato. "Ti metterò una spina nel sedere. Ne hai mai sentito uno prima?"

"No. Pensi che mi piacerà?

"Se ti rilassi e fai quello che ti dico, godrai di molte cose."

L'insegnante si impastò il sedere come se fosse un impasto.

Spremere forte e massaggiare.

Quando allargò il sedere, Samantha si sentì molto esposta.

Sapeva che stava guardando in profondità nel suo ano.

Quindi l'ha rilasciato.

"Potrebbe sembrare un po 'freddo", ha detto, aprendo un lubrificante.

Il corpo di Samantha sussultò quando l'insegnante si toccò l'ano con le dita lubrificate, ma riprese rapidamente il controllo, restando ferma.

Le dita le circondarono l'ano prima di spingere, coprendo il retto con il lubrificante anale.

"Ti piace il sesso anale?" Chiedo.

"Oh sì. Ma solo se sono di buon umore. Come puoi vedere, sono un po 'stretto lì dietro."

"Sembra così. Adesso rilassati, all'inizio sembrerà un po 'imbarazzante, ma ti abituerai. Prometto."

Dopo aver staccato il dito, l'insegnante premette una spina contro l'anello dell'ano di Samantha.

Erano quattro pollici.

Gestibile per qualsiasi giovane donna.

Diede una leggera spinta e la spina passò attraverso l'anello dell'ano, grazie al lubrificante.

Il corpo di Samantha si contorse e ansimò, ma mantenne la calma.

Lo spinse finché non fu completamente dentro.

Il tappo posteriore è stato progettato per adattarsi a quattro pollici, quindi è stato fermato da una superficie piana, in modo che Samantha potesse sedersi più tardi senza troppi problemi.

"Ora, ho intenzione di inserire qualcosa nella tua vagina", ha detto. "Un piccolo vibratore che solo io posso controllare".

Samantha scosse il sedere.

"Sono alla tua mercé."

"Brava ragazza."

Il professore allungò la mano nella sua borsa da ufficio e tirò fuori un piccolo vibratore di circa sei pollici, che aveva delle cinghie per legarlo.

Separò le sottili labbra marroni di Samantha, rivelando la sua apertura rosa.

Era bagnata, quindi sapeva che era eccitata.

Quindi premette il vibratore contro il suo buco bagnato e spinse.

L'ingresso è stato facile, soprattutto perché le gambe di Samantha erano aperte e il suo sesso era eccitato.

Pollice per pollice, il vibratore si fece strada nella fica di Samantha.

Premette la mano sul tavolo, godendosi la sensazione dell'ingresso e anche il fatto che fosse l'insegnante a farlo.

Una volta che il piccolo vibratore fu completamente inserito, l'insegnante allacciò le cinghie attorno alle gambe e alla schiena di Samantha, fino a quando il vibratore non fu completamente sicuro.

"Non importa quanto forte vibri quella piccola cosa, non vado da nessuna parte." Lei ha pensato

"Adesso siediti," disse il professore.

Samantha si raddrizzò, si raddrizzò la gonna e si sedette di nuovo sul sedile davanti alla scrivania.

È stato un po 'imbarazzante come mi aspettavo.

Era la prima volta che indossava un tappo di testa ed era strano sedersi.

Il suo retto era allungato e sentiva che il suo sedere stava già facendo male.

Anche il vibratore legato nella sua figa era una strana sensazione.

Non ho mai provato niente del genere prima d'ora.

Di solito quando qualcosa di quella forma e dimensione era nella sua figa, Samantha era sulla sua schiena, o a carponi, senza sedersi.

Combinato, il sentimento era surreale.

I suoi due buchi erano pieni di giocattoli sessuali.

Ed è stato per un motivo.

Per quanto fosse scomodo, era anche sessualmente eccitante.

"Successivamente, ti legherò alla sedia" disse.

Deglutì a fatica.

"Posso gestirlo."

L'insegnante era fedele alla sua parola.

All'interno della sua borsa da ufficio c'erano delle stringhe blu che sembravano avere una consistenza liscia.

Quando il polso sinistro di Samantha era legato alla sedia, vide che aveva ragione.

La corda era morbida contro la sua preziosa pelle.

Il nodo dell'insegnante sembrava professionale e corretto.

E lo ha fatto con la perfetta quantità di pressione.

Lo stesso processo è stato ripetuto con il suo polso destro.

Poi vennero le sue caviglie.

Ha visto l'insegnante ripetere abilmente il processo con ciascuna delle sue caviglie.

Lei lo guardò e si meravigliò delle sue capacità.

Era certamente un Maestro esperto, specialmente quando si trattava di corde, pensò.

Non sorprende che il professore fosse così comprensivo delle foto di schiavitù di Samantha, dal momento che aveva lo stesso feticcio, pensò.

Quando finì, Samantha era completamente legata alla sedia, con giocattoli sessuali sul sedere e sulla vagina.

Questo è stato un diverso tipo di euforia rispetto alla partecipazione a un servizio fotografico.

Questa era la vita reale.

Ed era completamente in balia del suo insegnante, che ammirava profondamente.

Si appoggiò allo schienale, il sedere contro la scrivania, guardando il suo lavoro.

Samantha legata al sedile.

"Vorrei che tu potessi vederti" disse il professore. "Così bello, così impotente. Lo spettacolo perfetto di sottomissione."

Lei annuì.

"Grazie a te."

"È questo quello che ti aspettavi? Come ti senti? Ti dispiace? È umiliante per te? Dimmelo e sii preciso."

Ha raccolto i suoi pensieri.

"Mi sento vivo. Come se fossi al sicuro con te. Perché so che non mi faresti mai del male. C'è un conforto in questo. E adoro essere sotto il tuo controllo. Il tuo controllo sessuale. Concedermi. Non so se potrei mai spiegarlo completamente. ma è così che mi sento ".

"Eccolo", ha osservato. "Questi sono i pensieri a cui devi pensare per diventare un grande romanziere un giorno. Stai diventando una donna in sintonia con te stessa. Fiorente."

"Voglio anche sentirlo."

"Sono un passo avanti a te", disse, sollevando un piccolo dispositivo. "Questi pulsanti controllano il vibratore dentro di te. Il che significa che ora controllo il tuo corpo e la tua mente. Vuoi ancora sperimentare lo stile di vita che desideri da così tanto tempo?"

"Si ..."

Non appena quelle parole gli sfuggirono dalle labbra, il professore premette un pulsante che attivava il vibratore.

L'intero corpo di Samantha tremò e la sua faccia sussultò.

Le sue braccia tirarono involontariamente le corde quando tirò, ma invano le corde erano troppo forti.

"Questo è solo il primo passo", ha detto.

Il giocattolo del sesso ha continuato a vibrare nella sua figa.

"Oh, Dio, sembra ... Non ho mai usato un vibratore come questo prima. Sembra così ..."

L'insegnante ha osservato lo studente dimenarsi attentamente mentre si preme un altro pulsante, aumentando la potenza del vibratore di un'altra tacca.

Samantha sembrava senza fiato quando i suoi occhi si spalancarono e la sua bocca formò una O.

Sembrava essere senza fiato per un momento mentre il vibratore faceva la sua magia.

"Questa è l'essenza della sottomissione", ha detto il professore. "Ho il completo controllo. Sei completamente perso. Ed è mio dovere farti venire. Ora, non devi più chiederti com'è. Lo stai vivendo in prima persona, vero?"

Ha faticato a parlare.

"Si ..."

"Ti piacerebbe l'orgasmo?"

Lei annuì.

"Si ..."

La sua voce si affievolì quando la vibrazione divenne travolgente.

Quindi il professore ha premuto l'interruttore che ha portato il vibratore al massimo livello.

Ciò fece tremare l'intero corpo di Samantha e le sue mani serrate.

Le natiche furono involontariamente premute contro la spina del suo fondo.

Chiuse gli occhi e gemette forte.

Quando Samantha pianse e urlò, l'insegnante abbassò il vibratore fino alla prima tacca e Samantha riuscì a calmarsi.

"Sei troppo rumoroso" disse il professore. "Potremmo essere scoperti se urlassi così."

"Mi dispiace così tanto", rispose lei, respirando affannosamente mentre il giocattolo del sesso ronzava ancora nella sua figa. "È stato così intenso. Non avevo mai provato niente del genere prima d'ora."

"Ma vuoi ancora raggiungere l'orgasmo, vero?"

Lei annuì come un cucciolo carino.

"Certo che si."

"Allora dovrò imbavagliarti in qualche modo. Qualche suggerimento su cosa posso metterti in bocca per farti stare zitto?"

Era una domanda retorica.

Lo sapevano entrambi.

Samantha era abbastanza intelligente da cogliere ciò che l'insegnante suggeriva.

E anche lei lo amava, con tutto il suo cuore.

"Il tuo cazzo".

Lui sorrise.

"Solo per farti stare zitto? O vuoi che ti alleni la bocca?"

"Voglio essere allenato. Gola profonda, proprio come ho fantasticato."

"Brava ragazza."

L'insegnante posò il telecomando e cominciò a sbottonarsi i pantaloni.

Samantha guardò con occhi ansiosi mentre il professore si liberava.

Ha notato che era quasi completamente eretto e le sue dimensioni erano piuttosto impressionanti.

Questo la eccitava solo di più.

Si fece avanti, il suo cazzo penzolava di fronte alla faccia di Samantha, il telecomando di nuovo in mano.

"Ti metterò il cazzo in bocca", disse. "Stai andando a succhiarla. E andrai in gola profonda. Allo stesso tempo, ti farò venire con il vibratore. Mi capisci?"

"Sì" concordò.

Ricorda questo sentimento. Usa questo sentimento per i tuoi scritti. Forse lo amerai. Forse lo odi. Ma almeno ci hai provato. "

"Lo voglio. Più di ogni altra cosa."

Con ciò, l'insegnante ha guidato il suo cazzo verso la faccia di Samantha.

Aprì la bocca e l'accettò.

Le scivolò tra le labbra e lei gli avvolse le labbra, succhiandolo.

L'insegnante rimase a bocca aperta.

"Hai la bocca di un angelo", ha osservato. "Continua a succhiare."

E Samantha l'ha fatto.

Succhiava e scuoteva la testa il meglio che poteva.

Tutto quello che poteva fare era muovere il collo avanti e indietro.

Ha lavorato con le labbra e la lingua.

Gli ha fornito una buona suzione e ha girato la lingua intorno alla punta dell'erezione.

Era qualcosa che sapeva che gli uomini adoravano assolutamente.

E le piaceva farlo.

Gli piaceva anche sentire il suo cazzo indurirsi in bocca.

"Rilassati", disse. "Vado più in profondità. Non combatterlo."

L'insegnante mise una mano sulla cima della testa di Samantha, quindi spinse delicatamente, approfondendo il suo pene.

Lei soffocò un po ', poi lui indietreggiò.

Ora conosceva i limiti orali di Samantha.

La ragazza aveva un riflesso di vomito standard.

Tornò dentro, solo dove si trovava il riflesso della nausea di Samantha, e questo era quanto lontano.

Voleva allenarla sessualmente, non farla vomitare.

"Ora è quando ti farò venire", ha detto. "Rilassa il tuo corpo. Ora sei sotto il mio controllo."

Il professore premette il pulsante e il vibratore tornò al livello più alto.

Samantha si dimenò sul sedile trattata come una schiava.

Le natiche ancora una volta serrarono la spina sul suo piccolo foro.

I suoi occhi si inumidirono.

Le sue mani formavano nodi stretti.

Le dita le si serrarono nelle scarpe.

Il piccolo ufficio era pieno del suono del piccolo ma potente vibratore, che faceva funzionare la sua magia nella fica bagnata di Samantha.

C'erano anche suoni di nausea e grida soffocate nella bocca di Samantha.

Suoni volgari e sorseggianti.

"Continua a succhiare", ha detto. "Puoi fare entrambe le cose. Succhialo e fai l'orgasmo allo stesso tempo."

Samantha si concentrò di nuovo sul succhiare il cazzo dell'insegnante.

Forse questo eliminerà i sentimenti estremi nella sua regione inferiore, pensò.

Ha fatto del suo meglio per muovere la lingua attorno al membro, ma era difficile poiché il cazzo le era arrivato fino in gola.

Ha anche cercato di lavorare le labbra nel miglior modo possibile.

Non aveva mai avuto una gola profonda con un ragazzo prima, quindi questa è stata un'esperienza di apprendimento insolita per lei.

Mentre succhiava, le sensazioni nella sua figa diventavano potenti.

La pressione crebbe e crebbe.

Così ha fatto il dolore causato da vibrazioni prolungate, insieme al dolore al retto e al dolore a cui erano legati gli arti.

Lei emise un suono ovattato per il suo cazzo.

"Sei vicino al cumming?"

I suoi occhi lacrimosi guardarono l'insegnante.

Con gli occhi da cucciolo.

Annuì leggermente, come meglio poté, senza ferire il cazzo dell'insegnante.

Il professore sorrise.

"Vieni per me, tesoro. Rilassati e lascia che accada."

Samantha chiuse gli occhi e si concentrò sul succhiare il suo cazzo, che era nella sua gola, insieme ai potenti sentimenti nella sua regione inferiore.

Abbastanza sicuro, l'orgasmo è arrivato.

Ora non poteva più stringere i pugni e le dita dei piedi.

I suoi muscoli si stavano rilassando.

Il suo corpo faceva male.

Sentì un rilascio potente nella sua figa.

La pressione raggiunse il culmine e l'orgasmo andò oltre le parole.

Quando arrivò, si sentì schizzare.

I fluidi sgorgarono dalla sua figa, coprendo il vibratore e creando confusione su dove fosse seduta.

Normalmente, sarebbe terrorizzata dal casino che si stava facendo nella gonna, dato che avrebbe dovuto camminare nei corridoi e attraversare il campus con quella macchia di orgasmo.

Ma questo non era un momento normale, non allora.

Tutto quello che gli importava era quella sensazione intensa.

Nient'altro importava.

Fanculo la gonna bagnata.

Questo è stato l'orgasmo più incredibile di tutta la sua vita.

Respirò affannosamente con gli occhi chiusi.

Poi si rilassò e sospirò.

Fu allora che l'insegnante seppe che aveva appena finito di venire.

Non aveva più senso disturbare Samantha, quindi spense il vibratore.

"È stato bellissimo", ha detto. "Ma ora tocca a me. Hai ancora energia?"

Alzò gli occhi e annuì, gli occhi strappati dall'orgasmo che aveva appena vissuto.

L'insegnante fece oscillare i fianchi.

Per l'atto finale, voleva scoparle la bocca e la gola, e lo stava facendo esattamente.

Ha continuato a succhiare.

Quando la sua energia tornò, tornò a lavorare con la lingua e le labbra.

"Deglutilo", disse.

Teneva ferma la testa di Samantha con una mano e con l'altra mano accarezzava furiosamente il membro del suo cazzo duro e furioso, mentre la punta della sua erezione era nella bocca calda di Samantha.

Samantha era orgogliosa di essere stata in grado di rendere l'insegnante così difficile, e questo ha funzionato.

La faceva sentire sexy, desiderabile e desiderata da lui.

L'orgasmo esplose nella bocca dello studente.

Ruscello dopo flusso di sperma entrò nella bocca di Samantha, nella sua lingua e nella sua gola.

Ad ogni scatto di sperma, Samantha deglutì.

Era qualcosa che le piaceva fare, specialmente ora per l'uomo che le aveva appena regalato quell'orgasmo memorabile.

Le piaceva il gusto e la consistenza del suo sperma.

Lo assaggiò in bocca.

Lo girò con la lingua.

Questo non era qualcosa che avrebbe presto dimenticato.

Ha continuato a succhiare fino a quando non è uscito tutto.

Quindi quando lo sperma si fermò, girò la lingua intorno alla testa del suo cazzo e leccò l'apertura.

Quando il gallo si è ammorbidito, lo ha lasciato cadere dalla bocca e si è baciato con la testa addio.

Samantha guardò la sua insegnante, che la stava guardando.

I loro occhi si incontrarono.

C'era una sottile comprensione tra loro.

Sapevano cosa pensavano gli altri.

Samantha era una ragazza sottomessa che fu finalmente in grado di sperimentare la sua fantasia.

E l'insegnante era un uomo che poteva godere del suo amore per la formazione delle donne.

"Questa è l'esperienza di essere sottomesso", ha detto. "Ora lo sai. Fai quello che vuoi con quella conoscenza."

"L'ho adorato. Ogni secondo" sospirò e si prese un momento per ritrovare la calma.

"Sono contento che tu abbia sperimentato quello che volevi. Se sei una brava ragazza, possiamo farlo di nuovo."

Gli fece un tenero sorriso:

"Meglio. Perché sto scrivendo un lungo romanzo."

Quando l'insegnante sciolse i polsi dello studente, la baciò delicatamente sulla fronte.

Era un Maestro compassionevole.

E Samantha era una sottomessa molto curiosa e tenace.

Ovviamente lo farebbero di nuovo, pensò.

FINE

67